UNA PELOTA PARA DAISY

POR

CHRIS RASCHKA

Corimbo

Para Artemis

© 2016, Editorial Corimbo por la edición en español

Av. Pla del Vent 56, 08970 Sant Joan Despí, Barcelona

corimbo@corimbo.es

www.corimbo.es

1ª edición marzo 2016

© 2011 Chris Raschka

Publicado con el acuerdo de Random House Children's Books,

una división de Random House LLC.

Impreso en Barcelona REPROMABE

Depósito legal: DL B. 402-2016

ISBN: 978-84-8470-526-0

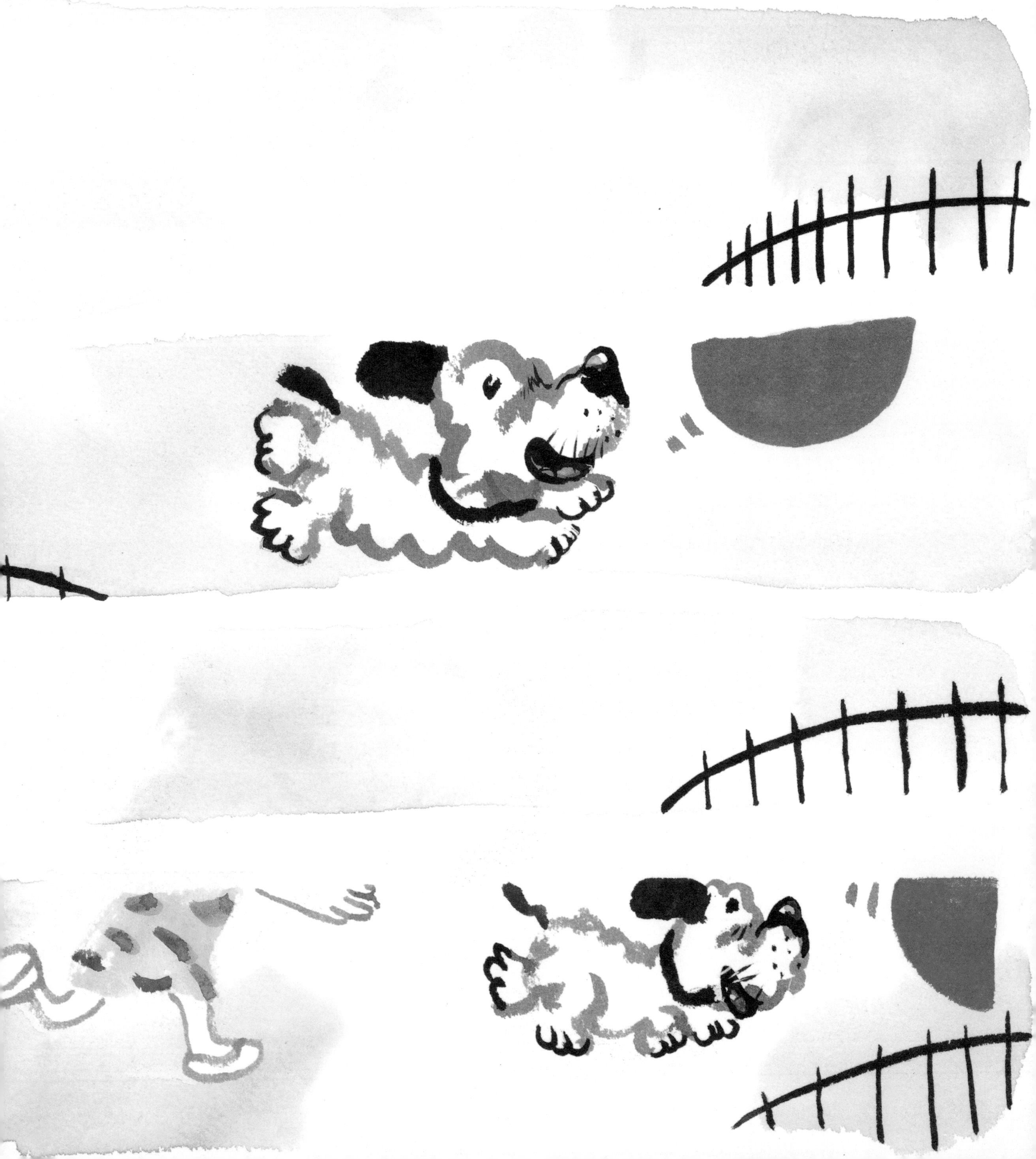

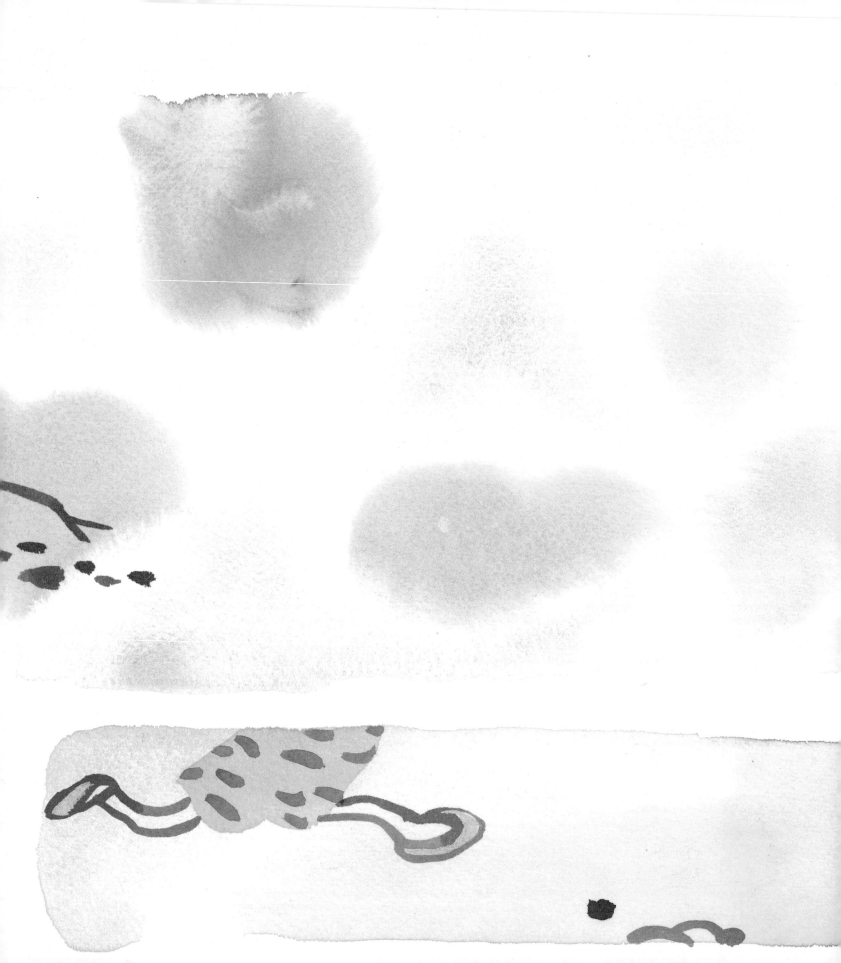